KB132247

항구에 내리는 겨울 소식
임선기 시집

문학동네시인선 058 임선기

# 항구에 내리는 겨울 소식

## 시인의 말

  스무 해 전 세상에서 시인이 되었다. 시인으로 살고픈 날이 오래되었다.

  시인으로 산다는 건 백지가 된다는 것, 백지를 대하는 것. 지금 백지에는 불이 온다.

  삶은 기다린다는 것. 나의 창이 가득 기다림이 될 때까지. 설렘이 가슴을 이룰 때까지.

  내가 기다린 건 의미가 아니었다. 나무가 새를 기다리듯 새가 나무를 기다리듯 하였다.

  사랑의 자취를 세상에 보내는 이곳은 은빛으로 가득하다. 살아 있으라는 말이, 무거운 별의 가지처럼 땅에 내려앉는다.

2014년 여름
임선기

# 차례

시인의 말      005

## 1부

꽃 1      012

꽃 2      013

구름의 글씨      014

詩 1      015

詩 2      016

말 1      017

말 2      018

먼 길      019

바닷가 피아노      020

距離      021

숨      022

이런 말들이 빛나고 있다      024

이중섭      025

심성락      026

부르델      027

에곤 실레의 나무      028

예언자      029

## 2부

무르나우의 새     032

無語別     033

섬     035

오월     037

을왕리 詩     038

파리에서     039

파주에서     041

추억에     043

온다.     044

구파발 日記 1     045

구파발 日記 2     046

아라리     047

두물머리     049


## 3부

통영 1     052

통영 2     053

통영 3     054

석모도에서     056

안면도에서     057

거제에서     058

다시 춘천에서                059

仁川                060

풍수원             061

地上에서           062

## 4부

저녁에서           064

무제              065

雨中詩           066

白蓮山           067

저녁에           068

낙엽            069

가을 잎에 보내는 송가    070

가을, 이즈미르      071

郊外에서        072

겨울 1          074

겨울 2          075

새             076

다나킬          077

아케이드       078

피에타         079

**5부**

봄　　　　　　　　　　082

山行　　　　　　　　　084

목련　　　　　　　　　085

여름　　　　　　　　　086

눈(雪)　　　　　　　 087

追思　　　　　　　　　088

고향 1　　　　　　　　089

고향 2　　　　　　　　090

소묘　　　　　　　　　091

바이칼　　　　　　　　092

조용한 나날　　　　　　093


**해설**| 침묵과 호흡　　　　095

　　　| 강경석(문학평론가)

# 1부

## 꽃 1

꽃에는 이름이 없다
내게는 그리움이 하나 생겼다.

이름 없는
너는 내게 꽃과 같다

무슨 이름도 붙이지 않고
너는 내게 만남을 준다

아무것도 바라지 않고
두렵지 않은 한 송이
自由를 준다.

꽃은 이름이 없다
여백처럼,
머물고 있다

# 꽃 2

식탁 위
병에 꽂힌 꽃

아이들 소리 끊기고,
종소리가 소송에 걸린 마을에

내리는 긴 저녁
비에 비치는 꽃

작은 의자에 앉아 있는
이국 사내
손바닥에 든 푸른 물

흔들리는 불.

## 구름의 글씨

어느 밥집 글씨
훨훨 날아다니면서도
제자리에 있는
그 글씨는 구름
같아서
그 作者를
물어보니
주인이 없다.
주인 없는 그 글씨는
가히
구름의 글씨
이니
세상에 주인 없는 그
해방과 자유를 닮았다.
詩를 닮았다

## 詩 1

보이지 않는 모순을
푸는 손을
시라고 했나

모순을 풀어
자라게 하고

스무 해 지나 만난 단어가
단어를 만나는 모습을
시라 했나

두드리는 소리
빈 곳 울리는 소리

나는 비가 가자는 대로 갈 생각을 한다
잠자리 끊어진 날개 같은 날개를 꺼내
가자고 한다.

**詩** 2


돌 아래
저 아래
物質
아래 누워
바라보는 시간은
니인가
나인가.

시여
오가는
천지간
하늘과 땅의 시여

나는 눕는다.

# 말 1

어느 공원
나무 앞에서
아빠가 아이에게
말을 불러준다

나무
나무
몇 번
아이가 따라 한다

그때 잠시
神의 빛이 보이고 있다

# 말 2

기억나지 않는 먼 길을 걸어
온 말을 적습니다

떠날 수 없도록
묶습니다.

하지만 떠나는군요
나의 말 아닌 것처럼.

나는 하릴없이 들을 갖습니다.

어떤 말은 오래전 나의
말이라는군요

하지만 나의 말은 님의 말
님의 말은
이 들판으로만 오고 집니다.

# 먼 길

막막함으로 빛나는 돌이여

가지 않은 길
앞에 있다

눈(雪) 속에서 반짝이는 詩片

연기가 날아가는 하늘을
놓는다

겨울도 말이 없다.

나는 해변을 향해 간다.

## 바닷가 피아노

바닷가 피아노

부서진 시간
쌓여 있던 해변 끝

그대 손에 묻어오는 시간을 본다.

솔숲 지나오던 바다

이 오래된 이야기.

밤과 낮이 부딪히는 소리의
고독이여

# 距離

밤
室內
기다리는 사람
내리는 눈
주춤거리는 눈
좁은 계단
작은 불빛
너무 커서
너무 작아서
말할 수 없는 존재들
다시 오지 않는다는 슬픔
찬 손에 받으면
뜨거워
사라지는 눈
보푸라기
순간
순간
정지하며 건너며
존재의 얼굴을 만드는
겨울을 만드는
거리
멀고
가까운 거리

# 숨

날숨이 몸을 떠날 때
단어는 푸르게도 들린다

나는 발음하며
풀무 흉내를 내본다

나의 가지들이 떨며
나를 내보낸다

魂의 이름
아픈 몸이 가서 길어오는 물

나는 길게 발음해본다
그러면 작은 불이 부풀어 오르며
겨울 동화를 읽는 밤이 된다

몇 번이나 그 동화를 읽었는지
그대는 어디 있는지
알 수가 없다

다만 산이 어둠 속에서 새끼들을 기르듯
숨을 고를 뿐이다

다만 멀리 갔다
돌아올 뿐이다.

## 이런 말들이 빛나고 있다

이런 말들이 빛나고 있다

초목
김종삼
그리운 라산스카
프랑크의 수줍은 미소

검지도 희지도 않은 세상에 산다지만
죄 많은 삶을 이어가고 있다

그리운 안니 로리
나직이 불러보는

길음 성당 묘지 산록
브람스의 4번 교향곡

# 이중섭

마을은 적고
그대 있던 집은
키가 작고
화단에서 燈 타고 오르는
어린 담쟁이
게 모양으로 마을을 품는 저녁을
첨탑에서 본다
내려가는 길
음악처럼 잠시 들러
다방을 들여다본다.
귤 하나가
크게 보이는
마당은 환하다
가지런한 그대 손이
귤빛에 물들어 있다.
미술관 창은 돌로
눈을 막고
영원을 보고 있다

## 심성락

시인의 거처는 成樂 근처

木爐는 없지만
길가에서 작은 커피 마시고

숲의 속삭임 지나며 인사하고

구름 모자를 쓴다

겨울에는
벤치처럼 앉아 있어서

사진 찍으면 안 보이던 線 하나가
가슴에 걸려 있다

그는 담장 위 가지처럼
음악을 켠다

봄 찻잎처럼 어제는 편지가 날아들었다

깊은 허파에서
흘러나오는 노래는
머뭇거림으로 가득하다

# 부르델

말(馬)을 만들며
말이 되는

그 예술은 마술이 아니지

분홍 돌이 피어 있다

아주 먼 바다에 떨어진 흠

사랑을 지켰던
司祭가 있었다

이층 난간에서 바람이 휘 내려온다
燈을 들고 걷는 저녁이 내려간다.

## 에곤 실레의 나무

갈비뼈 같은 붉은 하늘이
연이어 멀어지고 있다
여인은 산처럼 누워 있고
허리에 얼굴이 내려와 있다
태양은 구슬처럼
얼굴 위에 떠 있고
산보다 큰 네 그루 나무가
산 앞에 꽂혀 있다
소년과 청춘과 수줍음 사이에서
한 그루 나무는 하늘처럼
앙상하다
가장 높은 가지를 가진 하늘의 나무가
하늘에 닿아 있다

## 예언자

지브란이여
가난함이여
레바논의 부러진 날개여

아름다운
예지의 숨결로
지상에서
꿈이 태어나게 하였다.

뉴욕 성 빈센트
가난한 자들의
가난하던 병원에서
마지막 숨 쉬고,

바다 건너 고향 수도원
동굴에 도착하였다.

가장 단순한 언어로
언어를 넘어가서
언어를 구해 온 그대

브샤리의 백향목이여
순수하던 그늘이여
다시 태어남이여

# 2부

## 무르나우의 새

노란 빵
붉은 커튼
흰 식탁보
뒷모습
검은 線에 앉은 새
눈(雪)
닫힌 창문
오지 않는 소식
빈 접시
뒷모습
떠난 사랑은 오지 않을 거예요
겨울의 말
무르나우에 찾아온
겨울의 시간
가브리엘레 뮌터여
연인이여
분홍 가슴
새 한 마리

## 無語別

떠납니다

後日 당신은 읽을 겁니다

나도 편지를 읽었지요

가시처럼 글썽이는

이별이었을까요

梨花 나무가 피었다지만

여기는 왜 이리 붉은 동백인가요

동백이 날개를 다는 시간

돌아오며 떠나는 길에

서 있습니다

기운 폐선 한 척

白雪처럼 하얗고

나는 새의 길은

섬광처럼 부서집니다

# 섬

그 섬
작은 길 끝에 걸려 있던 밤의
섬
너와 나
몇 마디 주고받던

그 섬
기타처럼
조용히 울리던 겨울밤
너와 나 내려오던
작은 길

파도소리
바람소리
겨울비,

그 섬
내 어깨 두드리던,
사라진,
작은 섬

그러나
너와 나

막막하던 눈동자.

추억은
담장 위 가등처럼
아무도 없는 밤을
비추고 있네

# 오월

라일락 향기는
가까운 숲에서 온다

얕은 개울 지나
푸른 그늘 속에서
무슨 표정이었나

수평선처럼
사랑은 오지 않는 것

눈은 내리고 내려서
겨울을 만들지 않던가

라일락 향기는 회고적이다
환하게 불 켜진 먼 집

## 을왕리 詩

潮音 드는 을왕리 해변

둥근 해변을 조용히 지나던 푸른 저녁과
마주쳤다
아이들은 모래성을 쌓고

작년 처마 밑을 지나던 눈을
마음이 본다

그 겨울 툭하고 손을 떠나 허공으로 가던 이별

우리는 만나지 못하더라도
슬퍼하지 말자

밀물 떠나는 소리가 환청으로 들리는

을왕리 해변 유월의 여름

**파리에서**

기억하니
여기 있던 날을
부서지는 몸 추스르면서
간신히 서 있던 순간을

사랑은 결국
그 순간에 떨어져
물들고

사랑은 否定할 수 없다

들리니 가냘픈 이 꽃이
시간에서 따온

나의 언어는
부족한 언어 앞에서 웃는다

시는 한없이 부족한 언어.

들리니
이 가을이
가을은 여름보다 먼저 와서
투명한 눈(目)을 울리고 있다

먼 대서양에서 온 숲이
흔들리고 있다

## 파주에서


저녁이 차다
옵기를 읽는다


새벽은 자주 온다
어디 들이 있는가


너는 한 송이 새였다
들판 가로지르던 전선줄


봄 기압골에
부딪히는 시간이 많다


자전거를 세워 놓는 시간


기차가 지나는데
벌써 아득하다


정지할 줄 모르는 길숲


오래 들여다보지 않은 마음을
들여다보는


無言의 자리

꿈인가
깨어나 있던 새벽 유리창
얼마나 돌아오고 있었던가 너는

## 추억에

겨울나무 지나
너를 만나러 간다

감탄사만 나부끼는 곳
강변 겨울 불들

길 없이 걸어온 길
강물은 지금 무엇인가

걸어온 추억이여 시린 발에 입 맞추며
나는 너의 편이 된다

까마득히 흘러가는 물길
따라가는 눈길

## 온다.

이 세계를
눈이라 부른 사람은
그 눈을 어디서 가져왔을까
눈을 부르면
눈이 오는 것 같다

뜨락에
나무와 나무 사이와 지나는 사람이
풍경을 이루며 간다
나는 말할 줄 모르는 사람처럼 앉아 있다

강아지 발자국 같은
눈의 발자국이 수북하다
눈(雪)은 추억을 만들고 있다

해변에서
종일 눈 맞고 있을 사람을 생각한다
그는 무엇을 말할 수 있을까

환한 불 지피며
눈이 온다
온기가 온다
한 사람이 온다.

# 구파발 日記 1

사포의 송가를 들었다
나루터에 있었다

송화 날리는 윤사월
목월, 소월, 백석, 바이런이

눈 먼 처녀사
엿들었다

떠나는 이별이여

윤후명의 천남성을 읽었다
태어남이 이별이라는
사랑의 완성을 생각하였다

# 구파발 日記 2

아침노을이 떠 있다
밥풀 같은 흐드러진 낮은 꽃
나무
아침 귀뚜라미 소리
공릉천 깜박이는 물결들
떠나는 가을 철새
금란농원 발치에서 퍼지는 국화
빛들
아직도 기다리는 코스모스
기차는 일산으로 간다
거대한 새 한 마리
인수봉 쪽으로 날아가는데
유유하다

# 아라리

검룡에서 흐른 물이
아우라지 지날 적에
우리 만난 지난날을
잊지 않고 슬퍼해요

아우라지 지날 적에
아라리요 아라리요

불원천리 마다않고 가요
동백 丹心처럼
내려가요

아라리요
아라리요 고개를
넘어가요

만물 所然
지난 추억
천겹 노을 만겹 노을
앓다보니 꿈에서는 님을 봐요
아무토록 꿈에서는
그리는 님 꿈을 봐요

047

아라리요 쓰라리요 가는 물소리
아라리요 쓰라리요 오는 물소리

궁초댕기 지천인데
가시(棘)면 어떠해요
검룡소 푸른 물이 下川에 담겨
아우라지 천리 말없이 가요

# 두물머리

아우라지 지나
다시 오는 물
가에 앉아
물 듣는다

걷고 걸어
느티 아래 도착하여
마침 도착한 물
보며 물이 된다

하나 된 물은
푸르고
잔잔하다
한 편 꿈.

다만 水鐘寺
수종 소리
크게 들린다

# 3부

# 통영 1

五月에는 쑥국을 먹고
굴은 끝물이다
순례지의 아침
明井은 마을의 물
남망에서 보면 별처럼
두근거린다
사람들은 푸른색이 들어
시나 음악이나 그림을 쓴다
율려를 쓴다

# 통영 2

오늘도 함지박에는
물이 담기고
도다리에 담기는 흰빛.
노을도 푸른
하늘 아래
一生을 흔들리는 부두에 서면
희미한 빛을 뿌리며
추억 하나가 온다.

미술관 마당
내리는 비

마당에 풀어놓은 음악

이층 전시실에는 大餘의 시가 걸려 있다

대여의 코발트 하늘도 궁금하지만

나는 바다가 궁금하여
언덕에 오른다

란이라는 여인은 간 곳 없고

청마의 푸름도 이름 속에서 나부낀다

박경리 선생 살던 집으로 가는 길은 공사중이고

세병관에 앉아 젊은 시인의 눈물을 생각한다

그는 북관으로 갔다

마가리로 가며

세상은 버렸다 한다.

## 석모도에서

새벽은 어디서 잠자나
헤어진 팔꿈치처럼
구름이 자라났다
나무는 왜 외로워 보이지 않나
몸에 피곤이 가득해
비 오는 처마 아래서
피곤의 철학을 보았지.
종일 길을 생각했다
꿈은 쌓이는 건가,
바다의 흰 손
다시 만날 때까지
스무 해가 걸렸다.
나의 심장은 낙엽으로 가득 찼어
거꾸로 선 세상
거울을 탄 논
들어봐,
내가 만드는
이 침묵

# 안면도에서

민박집처럼 내 몸
며칠 빌려주고 싶다
있는 그대로
마당에 우물물 치고
붉은 상추 조금 씻어 놓고

그리고 해안에서
하늘의 혼이 탈 때
나의 혼도 수줍게 탔으면 싶다

그리고 먼 곳의 나를 기다리는
너를 생각하고 싶다

돌아오는 길에는 파밭을 지난다
파들은
아주 멀리서 온 그리움처럼
고개를 돌린다

## 거제에서

물이랑에 담겨 있던 바람이
떠나는 이별이 보인다

땅이 가장 멀리 간 곳에서
끊어지고

천사가 가득하다
너는 보이지 않는다

깨진 燈도 등불도
보이지 않는 것은 천사가 되었는데
보이지 않는다.

너는 무엇이 되었을까,

# 다시 춘천에서

먼 곳에 살고 있는 詩여
호수는 레몬보다 붉고
아름답고
강변 속 새소리
혈관 속으로 흘러든다.
마음 기슭에 와서
찰랑이는 물결이여
지난날을 아는가
멀리 스치는 하늘 소리
지난날이여
이 호수를 아는가,

하늘이
저녁이 멀리 떠나고 있다.

# 仁川

어느 날
푸른 눈(雪) 내리고
새는 동네를 돌고
굴뚝에서는 그림자 날린다

어느 날 창은 기다림이 되고
정거장은 어깨 숙이고
붉은 장미가 된다
나는
나를 외출한다

어느 날은 검은 도랑으로
내려가는 눈송이들
작은 집들
강아지들

그리고 바다로 가는
나무들.
붉은 보석이 되고
아무도 보지 않는데
하늘이 하나 진다.

# 풍수원

지금은 해가 달 같다.

슬픔, 깊은 내면 반짝이는 별

나그네처럼
한 그루 나무 마당에 서 있다

칭칭나무 골짜기 산언저리
피미기마을 벽돌

百年 돌계단은 천천히 걸어 내려온다.

산간벽지 호롱불 하나

## 地上에서

문 닫힌 휴가철
점보다 작은 새
구름 밑을 날고
시간이 피 흘리며 앉아 있다
구름은 내려오지 못한다.
무엇을 위해 피는 꽃이 있는가
너는 왜 다가오지 못하는가.
파란 구름이 파이프에 있다
버스는 오지 않는다
바람은 아도니스
식물 이름에서 온다

# 4부

## 저녁에서

나무도 自己가 있을까
佛性이 바람에 춤추는 것일까
내게도 불성이 있을까
까닭 없는 사랑은
그곳에서 오는가
저녁에는 조금 가까운 걸까
불성이 가까우면
나를 조금은 버릴 수 있나
눈 감으면 보이는 것은 번잡한 어두움뿐
마을은 멀고 멀다
물은 건너가는데
깊고 깊다

# 무제

이 意味 많은 세상에
붉은 목도리 하나 매는 일
말의 모임에서 조용히
말을 지키는 일
나오는 일
외로움의 방문을 받는 일
말하지 않으며 말하지도 않는 일
차 한잔 마시는 일
그런 일을 소홀히 해왔다고
너도 없는 곳으로 외출하는 일

## 雨中詩

심심해야지
生物이라면
심심하리
萬華 지나
민낯은
심심하리
생각는데
風磬이
덩그렁 세계를 치네
마른 국화 피어나고
악취가 공장에서 오네
심심함이여
물에 피는 비의
동심원이여
동심원이여

## 白蓮山

백련산은 몇 해째 무언중이다
비스듬히 마을로 내려가고
마을 하나는 품고 있어도
면벽 중이다
몇 해째 불볕더위지만
출타 중이다.
길 하나가 조심조심 오르내리고
안개가 가까스로 타고 넘으며
消息을 구할 뿐이다.

## 저녁에

하고 싶은 말이 있어서
막막함이 굳어진 풍경인가

저 침묵은.

말의 호사를 누리면서도
말을 혹사한다

해질녘이면
몇 톤의 말을 쓰고 왔다.

말의 生
말의 황혼

말도 하고 싶은 말이 있어서
굳어진 풍경인가

말을 풀어주고 싶다

## 낙엽

잠시 눈 감는 것뿐이다
바람을 듣기 위하여
나무를 듣기 위하여
저녁에
잠시 서보는 것뿐이다
잠시
머무는 것뿐이다
오지 않은 바람 곁에
오지 않은 나무 곁에
처음 이전에
너의 가슴에
잠시 어리는 것뿐이다

## 가을 잎에 보내는 송가

가을이 나뭇잎을 내려가다 가다 멈춰서 있다
저 댐은 가을을 담고 깊어지는 길로 가다 내려서고 있다
저 물에 담았던 눈빛은 길 없는 시간이다
마른 물 쏟아지는 낙엽 철
무수한 낙엽을 건너는 발걸음.
오래된 외로움이 위로하리

# 가을, 이즈미르

쓸쓸한 광장 둥근 분수
비탈에서 잠시 쉴 때 보는 나의 무덤
잠시 보였다 사라지는 꽃
바람과 바람의 길을 보여주는 강아지풀
겨울 채비하는 초등학교 운동장 나무들
짙어진 아침 귀뚜라미 소리
누군가 불을 넣고 있는 낙엽
항구에 내리는 겨울 소식

## 郊外에서
### ─트라클

나는 아무것도 말하지 못했다

폭풍우가 오는데
네가 우는데

길 끝에는
불이 막 켜진 성당에서 나오는 불

외벽들처럼 나는
노란 꽃을 들고

추적추적 내린다

나는 아무것도 말하지 못한다

창가에 놓여 있는 고무나무
고독해 보이는 십자가

나는 말을 토한다

너무 늦지 않았을 것이다 아스타여

너의 침묵의 윤무

무서운 숨결

## 겨울 1

도시에 성탄의 작은 전구들이 걸리고
눈이 내린다

너는 계절로 시간을 센다
나그네처럼 불이 오는 소리를 듣는다

불은 다시 떠나라는 소리

고흐의 여관이 있는 마을 언덕에서 가장 붉은 불을 보았다

불의 푸른 심지를 걸어가는 사내는 누구인가,

말은 더할 수도 뺄 수도 없다

나무의 눈에 물이 고여 있다

## 겨울 2

아 푸르다

저 나뭇가지 위

환하다

視線이 흐르는 데.

눈 녹은 자리
이번엔 해가 앉아
설렘이 되고 있다

영혼은 한 마리 새처럼
나뭇가지 위에 닿는다

# 새
## ―르네 샤르

폭풍우 속에
새 한 마리는 날고 있다

비바람 지면
집으로 돌아간다

새는
사랑과 의지의 말

집 속에서
푸른 하늘을 발견하리라

叡智의 눈 맞고 서 있는 저녁
삼나무 숲

# 다나킬

赤道
얇은 지면 아래 마그마

건기에는
낙타도 건너기를 꺼린다.

아버지와 아들이
깡마른 소금 팔러
오는 길

아버지 눈은 아주 멀리 가서
아들과 낙타를
찾아온다.

우기에는 물길이 생겨
길은 물길 따라 간다.

## 아케이드

하늘을 가려
천천히 걸어가는 지상
천국

물신이 환상을 터뜨리며
길게 늘어서 있는

밀레니엄.

회랑이여
삶을 마주보는 자리여

## 피에타

기계가 끌고가는
肉

속죄는
고통스럽고
눈물겹다

靈은 구원 받았을까

피에타

돌아가는 길

푸른 북망

# 5부

# 봄

앉아 있는 봄들

나무 아래
많은 햇빛들
볕들

방금 온 시간들

옹기종기
삼삼오오

속삭인다

나도
내 아는 봄인가
내다본다

창문은 열려 있다
창문은 부르고 있다

증별이 있었는가
들여다보는

내면
내면이 피어 있다

# 山行

봄산
계곡

겨울 물 내려오고
소리 피어난다

송사리 떼
모여 있다
흩어지고
무슨 일인지
다시 모인다

구멍 숭숭
뚫린
지난 가을 잎
떠 있는

저 물은
누구 마음인가

멧새가 조금 찍어 먹고 간다

여름이 피어 있다

# 목련

목련은 오며 간다
죽음을 넘으며
엽서를 쓴다
자신을 넘어
엽서가 된다
밤새
넘어 오는 바다
목련은 가며 온다
부서지는 언어가
가며 온다
숭고하다.

## 여름

개망초에서
망초로
망초에서 데이지로
데이지에서
이름 없는 풀로
이름 없는 풀에서 나에게로
나에게서 너에게로
해변으로
그리고 마침내
심장 깨지는 소리를 들을 때
다시 나는 너에게로
너는 풀 한 줄기로
데이지로 개망초로
그리고 여름으로
눈망울로
다시 눈망울로

# 눈(雪)

눈은 기쁨이
슬픔이 되었다

막막함이 되었다

너에게로 가서 편지가
이별이 되었다

수없이 나부끼는
목소리
4월이 되었다

눈은
모든 것이 되었지만

아무것도 되지 않았다

모든 것이 되어
자신을 잊었다

## 追思

대낮

돌아가는 길

먼 芙蓉臺

가지 않았다

가지 않은 곳이 되었다

부용대

왜 아니 갔는가 생각하니,

부용 그 어여쁘고 깊은 곳

고개 떨구고 서 있었네

## 고향 1

마당에 나무 한 그루
앞강
떨어진 은행잎
내리는 빗방울
동구까지 나가 기다리는
시간
처마 밑 추억
여기까지 왔다가 그냥 돌아가는 슬픔
환하게 불 들어온 아궁이
푸른 불 만들며
如如히 밥 짓고 있다
읽는 시
세상에 아주 적은 시.

# 고향 2

사라진 집
여름 호박꽃

환한 장독대
날리던 광목

어느 나라에서 왔다던 꽃나무
가지런하던 채송화

지붕 넘어오던
구름 구름

높던 다락방
작은 문 열고 바라보던 하늘

가난하던 말(言)
가난하던 말

## 소묘

창문
밖 멀리
한 그루 나무
여백에서 새인가
여백이 흔들린다
나무는
신호를 보낸다

박물관
창가 피카소의 소는
始原에서
물끄러미
본다
가느다란 선만 남은 소는
만 레이의 삽화에서 본
꽃
여인
가느다란 선이
본다.

투명하다

## 바이칼

얼음 깨지는 소리
파도였던 얼음
낯선 보드카
얼음 모으는 사람들
겨울 늑대
고독으로 돌아가는 4월
얼음 時計
마른번개
종이 긁히는 소리
움직이는 얼음
봄은 움직이는 얼음
나는 나를 내버려두고
움직이는 봄을 본다
불은 꺼진 적 없다
창으로
풍경이 흘러 들어온다

## 조용한 나날

멀리 왔다
그때 햇빛을 쥐어보던 손
그때 흔들리던 마음
그때
눈을 기다렸고
저녁을 기다렸고
넓은 창 가득
너를 기다렸다

이제 내게 언어는 모두 돌아가라
가슴 아프던
하늘을 보던.

겨울이 왔다
집 짓는 소리

추운 얼굴로 네가
왔다 가는 소리

# 침묵과 호흡
강경석(문학평론가)

1

마법을 믿는 사람이 드물게 된 건 아주 오래된 일이다. 모자란 대로 그 빈자리를 채워준 것이 마술이다. 겉보기엔 마법적이지만 그 내막은 기술에 불과한 그것은 기술의 힘을 빌려 마법에 대한 그리움을 보전하는 문화적 양식이었다. 배후의 기술이 남김없이 폭로된 뒤에도 마술은 마술로 남는다. 마법에 대한 그리움이 완전히 사라지지 않는 한에서는 말이다. 어떤 의미에서 시의 운명은 마술을 닮았다. 무엇으로 정의하든 시가 인공의 산물이고 언어를 질료로 삼는 제작이란 사실은 감춰지지 않지만 거기에 쓰인 언어의 조직이 낱낱이 밝혀진다 하더라도 시를 시로 만들어주는 비밀은 마치 마술에 깃든 마법의 흔적처럼 완전히 소진되진 않기 때문이다.

언어의 기예 바깥에서 영원한 그리움을 낳는 시의 본질에 대해서는 이른바 시학이라는 이름으로 행해진 일련의 탐구들이 꾸준히 있어왔다. 그중 가장 널리 알려지고 받아들여진 것으로 "시어란 일상어에 가해진 조직적 폭력"(빅토르 쉬클롭스키)이라는 견해가 있다. 러시아 형식주의의 '낯설게 하기' 개념을 명료하게 정리한 이 정의는 시가 일상의 언어적 관습을 깨뜨림으로써 그것이 다루고 있는 말과 사물이 기성 질서나 자동화된 의식으로부터 해방될 수 있으며 거기에서 시의 심미적 자율성이 발생한다는 논리라고 할 수 있다. 이는 20세기 언어실험의 든든한 논리적 배후가 되어주었다. 거시적 차원에서 단순화할 때 그것은 혁명 이후의 러시아를 무대로 당문학(party literature)의 공식주의와 내용주의에 일정한 제동을 걸면서 영미 신비평과 유럽 구조주의 시학 발전에 토대를 제공했고 그럼으로써 20세기 자유주의 진영의 주류 미학이 되었다. 넓은 의미에서 형식주의적인 것, 전위주의적인 것은 1980년대식 공식주의에 저항해온 1990년대 이후의 우리 현대시에서도, 특히 2000년대 들어와서는 더욱 전면적이고 다양한 수준에서 관철되고 있는 듯 보인다.

그러나 낯섦과 새로움에 대한 경배가 지나치면 언어실험이라는 수단이 시적인 것의 추구라는 목적 전체를 압도해버리는 역설을 초래하기도 한다. 새것에 탐닉하는 문화가 소비자본주의의 융성과 밀접하게 연루되어 있다는 사회학적 진단에 동의하든 안 하든 그것은 김소월과 한용운, 김수영과 김종삼의 시가, 혹은 셰익스피어의 소네트와 이백, 두보의 당시(唐詩)들이 왜 시간의 벽을 넘어 여전한 울림을 줄 수 있는지를 충분히 설명하지 못한다. 심지어 그것은 성공적인 전위시가 지닌 풍부한 암시들조차 새로움이라는 일면적 가치로 단순화해버릴지 모른다. 시의 육체는 보이는 언어와 보이지 않는 침묵의 잠재적 조화의 산물이다. 따라서 시의 참된 새로움은 가시화된 언어적 새로움에 있다기보다 이러한 비가시적 조화의 대체 불가능한 '고유함(eigentlich-keit)'으로부터 비롯되는 것일 테다. 그것은 금세 낡은 것으로 전락하고 말 일시적 새로움이 아니라 일종의 '영원한 새로움'과 관계 맺고 있는 무엇이다. 형식주의라는 비칭(卑稱) 너머에서 진짜 전위주의자들이 드러내려 했던 바도 이와 다르지 않았을 것임은 물론이다.

　반복되는 향수에도 불구하고 끝내 사그라지지 않는 이 '영원한 새로움'의 출처를 고유함에서 찾을 때 이 고유함은 어디에서 오는 것이며, 또 어떻게 식별해낼 수 있는지 묻지 않을 수 없게 된다. 모든 사물이 외부 조건의 개입에 의해 타락하기 이전인 자기 자신으로 돌아가 본래의 빛과 목소리를 따라 존재함을 뜻하는 그것은, 그러나 고유함 자체로서가 아니라 고유하지 않은 것들을 비우고 물리쳐내려는 싸움 속에서, 그러니까 부정의 방식으로만 식별 가능한 무엇인지도 모른다. 말과 사물의 고유한 본성은 그 말과 사물 자체에 이미 불변의 실체로 잠복해 있는 것이 아니라 모종의 정진 가운데 암시적으로 드러나며 부단히 생멸을 거듭하는 무상(無常)한 것이기 때문이다.

　이 싸움은 어떤 의미에서 원시불교의 위빠사나(vipassana) 수행을 닮았다. 분리를 뜻하는 위(vi)와 관찰한다는 뜻의 빠사나(passana)의 합성어인 이 말은 팔리어로 '자아를 벗어나 사물을 있는 그대로 봄(正見)'을 의미하거니와 지금 이 순간도 쉼 없이 생멸하고 있는 가장 현재적인 사건으로서의 호흡에 몸과 마음을 온전히 집중하는 수행법은 위빠사나의 핵심 중 하나다. 오직 호흡만이 존재하는 무아(無我)

의 경지에서 만상은 자신의 고유함을 회복한다는 것이다. 살아 있는 모든 존재에게 호흡은 지문(指紋)과 같은 것이며 시의 리듬이라고 불리는 대체 불가능한 조화의 본질을 구성한다. 옥타비오 파스는 조금 다른 각도에서 이를 다음과 같이 요약한 바 있다. "우리가 생명의 흐름을 타고 우주를 마시는 것은 동시에 호흡 운동이며, 리듬이고, 이미지이며, 의미인 불가분의 통일된 행위이다. 호흡은 시 행위이다. 왜냐하면, 그것은 교감 행위이기 때문이다."(「시와 호흡」, 『활과 리라』, 솔, 2001)

이 교감 행위로서 호흡의 고유함이 개별 시편들을 서로 구분해주며 그 고유함의 밀도 즉, 고유하지 않은 것들과의 싸움의 폭과 깊이가 저마다의 성취를 가르는 척도이다. 언어, 기법, 형식의 새로움은 그뒤에 혹은 그것과 함께 오는 것이며 이럴 때에야 비로소 한 편의 시는 시적 자아의 비좁은 경계를 넘어 사회와 세계와 우주의 리듬에 동참하게 되는 것이다. 요컨대 시는 호흡이다. 그리고 지금부터 만나볼 시인 임선기의 『항구에 내리는 겨울 소식』만큼 이러한 시관에 잘 어울리는 시집은 드물 것이다. 언어와 사물, 관념과 주장의 소요 가운데서 그는 침묵과 호흡 속으로, 그 보이지 않은 조화의 본질로 돌아간다.

2

처음 읽을 땐 낯선 암호문처럼 보이지만 두세 번 반복해 읽을수록 뜻이 선명해지는 시집이 있는가 하면 아무런 걸림 없이 읽히다가도 다시 읽을 땐 비밀투성이가 되는 시집이 있다. 『항구에 내리는 겨울 소식』은 후자의 사례다. 예민하게 벼려진 이 시집의 1부에는 시에 대한 시인의 생각이 집중적으로 표현되어 있어 우선 눈길을 끈다.

날숨이 몸을 떠날 때
단어는 푸르게도 들린다

나는 발음하며
풀무 흉내를 내본다

나의 가지들이 떨며
나를 내보낸다

魂의 이름
아픈 몸이 가서 길어오는 물

나는 길게 발음해본다
그러면 작은 불이 부풀어 오르며
겨울 동화를 읽는 밤이 된다

몇 번이나 그 동화를 읽었는지

그대는 어디 있는지
알 수가 없다

다만 산이 어둠 속에서 새끼들을 기르듯
숨을 고를 뿐이다

다만 멀리 갔다
돌아올 뿐이다.

　　　　　　　　　　　　　　　　　—「숨」 전문

　1부의 수록작들 중에서 이 시만큼 시인 임선기의 세계를
잘 보여주는 작품이 또 있을까. 화자는 들숨과 날숨을 엮어
어떤 말을 하고 있는 중이다. 그런데 여기서 중요한 것은 화
자가 무슨 말을 하고 있느냐가 아니라 '말을 하고 있음' 또
는 숨 쉬는 행위 자체에 관한 투명한 관찰이다. 작품의 첫 행
이 '(내가) 날숨을 뱉을 때'가 아니라 "날숨이 몸을 떠날 때"
인 점만 주목해보더라도 어디까지나 주어는 날숨이며 숨을
쉬는 주체인 '나'는 비어 있는 채로 유보되어 있다. 그래서
'나'가 말을 '듣는' 게 아니라 말이 '비어 있는 나'에게로 들
려온다. "단어는 푸르게도 들린다"(윗점은 필자).
　그런데 왜 "푸르게도"일까. '푸르다(靑)'는 "들린다"를 시
각화하는 공감각적 수사일 뿐 아니라 '푸—' 하는 날숨소리

의 닮은꼴(analogy)이기도 하다. 하지만 그것은 명확히 '푸르게' 들리는 것이라기보다 '푸르다'에 가깝게, 그러니까 조금은 모호하다는 뉘앙스를 더해 "푸르게도"(윗점은 필자) 들린다. 모든 단어는 저마다 다른 소리 값을 지니지만 날숨을 토할 때만 각각의 고유한 소리 형상을 갖추고 울려나올 수 있다는 의미에서 모든 단어의 소리 값에는 근원적으로 '푸—' 하는 날숨소리의 원형이 잠복해 있는 셈이라고 할 수 있다. 하지만 발화된 모든 단어들의 소리 값에서 이 날숨소리의 원형이 간단히 식별되는 것은 아니어서 시인은 "푸르게 들린다"라고 하지 않고 "푸르게도 들린다"라고 쓸 수밖에 없었던 것이다. 소리와 뜻을 확정하지 않는 이 머뭇거림 혹은 모색과 성찰의 태도 덕분에 독자들은 시의 의미로 직행하기보다 작품에 내재된 호흡의 현재진행에 동참하게 된다. 어느 아코디언 연주자에게 바쳐진 시 「심성락」의 마지막 연은 그 뚜렷한 의식의 흔적이 아닐 수 없다. "깊은 허파에서/ 흘러나오는 노래는/ 머뭇거림으로 가득하다".

작품 「숨」의 호흡은 이제 호흡 자체의 은유인 "풀무"를 향해 나아가는 한편 날숨의 음성 아날로지인 '푸—'를 지나 시각 이미지인 '푸르다'로 환유되어 번진다. 이 은유와 환유의 연쇄반응이 도달한 지점은 결국 나무 이미지다.("나의 가지들이 떨며/ 나를 내보낸다") 푸른 나무는 하나의 풀무이고 호흡이다. 나와 '나무'와 날숨이 그렇듯이 '푸르다'와 풀무, 그리고 '부풀다'가 절묘한 운(韻)의 행렬을 지으며 하나의 조화를 이루고 있다. 이 나무 이미지는 연과 연 사이의 침묵 혹은 들숨이 놓인 자리를 하나씩 건널수록 더 많은 가지를 뻗어 흩어진 혼을 부르고 뿌리를 내려 물을 긷는다. 이 우주적 리듬이 바로 시의 형상임은 물론이다. "시여/ 오가는/ 천지간/ 하늘과 땅의 시여"(「詩 2」).

말하자면 시는 하늘과 땅 사이의 나무 형상이며 따라서 하늘을 향해 직립한 사람의 모습을 연상시키기도 한다. 작품「숨」에 노출된 유일한 한자말인 혼(魂)은 발음기호 격인 운(云)과 뜻 부분인 귀(鬼)로 파자(破字)해볼 수 있는데 이 형성자(形聲字)의 중심은 역시 귀(鬼)다. 사람(人) 머리에 신(囟, 정수리)을 얹어 산 사람과 구별한 이 글자에서 신(囟)은 알려져 있다시피 숨구멍이며 혼이 드나드는 문이다. 시적 발화는 하늘을 향해 혼을 토하는 날숨이자 호흡 행위의 일부가 되는 것이다. 물론 "다만 멀리 갔다/ 돌아올 뿐"인 이 고요한 반복 행위가 어째서 혼의 문제로까지 격상될 수 있는지를 파악하려면 약간의 우회로를 거칠 수밖에 없는데 "겨울 동화를 읽는 밤"이 그 이정표일지도 모른다. "겨울 동화"는 하이네의 『독일, 어느 겨울동화』(1844)에서 왔을 것이다. 이 서사시의 도입부에는 오랜 망명길에서 귀국한 시인의 벅찬 감격이 서려 있다.

국경에 도착하자 나는/ 가슴이 더 심하게 두근거리는 것을/ 느꼈다. 심지어 눈에서/ 눈물방울이 떨어지는 것 같기도 했다.

　그리고 독일어를 들었을 땐/ 난 정말 묘한 기분을 느꼈
다./ 마치 내 가슴이 아주 기쁘게/ 피를 흘리는 것 같은
느낌이었다.[1]

　하이네의 감격은 조국의 "국경에 도착"했기 때문이 아니
라 모국어 공동체와 재회함으로써 비로소 격발된 것이다.
그러므로 추측컨대 "겨울 동화를 읽는 밤"은 모국어와 재회
한, 그 피 흘리는 기쁨의 순간으로 되돌아가는 밤이다. 어떤
의미에서 모든 시인은 이미 이 세계의 이방인이다. 이방인
시인의 '피 흘리는 기쁨'이야말로 시작 행위의 근본 이미지
일 것이다. 하지만 반복되는 고통과 설렘의 밤에도 불구하
고 여전히 시는 저 멀리 알 수 없는 "그대"이며 오로지 호흡
의 생성과 소멸만이 고독한 그의 곁에 머문다. "몇 번이나
그 동화를 읽었는지/ 그대는 어디 있는지/ 알 수가 없다//
다만 산이 어둠 속에서 새끼들을 기르듯/ 숨을 고를 뿐". 이
러한 수동태의 세계가 현실도피적이라거나 나약하다고 말
하는 것은 옳지 않다. 나무는 물을 길어올려 불을 키운다.
이방인 시인인 임선기에게서도 이 점은 마찬가지다.

───────────

1) 하인리히 하이네, 『독일, 어느 겨울동화』, 김수용 옮김, 시공사,
2011, 9~10쪽.

작은 의자에 앉아 있는
이국 사내
손바닥에 든 푸른 물

흔들리는 불.

　　　　　　　　　　　　　　　　　　　　—「꽃 2」 부분

　나무나 꽃이 고요하다고 해서 그것을 나약하다고 말하는
사람은 없다. "푸른 물"과 "흔들리는 불"은 상반된 물성을
지니지만 마치 나무 안에서 하나일 수 있듯이 "이국 사내"
의 손바닥 위에서도 그것은 둘이 아니다. 시는 "보이지 않
는 모순을/ 푸는 손"(「詩 1」)이기 때문이다. 여기서 능동과
수동은 거의 구분되지 않거나 구분 자체가 덧없다. 마지막
행의 마침표는 이 덧없는 시간을 조용히 흔들리며 타오르는
불꽃의 상형 같다.


　3
　그러므로 다음과 같은 '시인의 말'에는 이 시집 혹은 임선
기 시세계의 요체가 드러나 있다. "시인으로 산다는 건 백
지가 된다는 것, 백지를 대하는 것. 지금 백지에는 불이 온
다./ 삶은 기다린다는 것. 나의 창이 가득 기다림이 될 때까
지. 설렘이 가슴을 이룰 때까지./ 내가 기다린 건 의미가 아

105

니었다. 나무가 새를 기다리듯 새가 나무를 기다리듯 하였다." 백지, 기다림, 설렘, 나무로 이루어진 이 문장들이 앞서 말한 능동과 수동의 경계 없음의 산물임은 분명하다. 이를 좀더 구체적으로 이해하기 위해『논어』의 한 대목으로부터 도움을 받자. 제자인 자하가 스승인 공자에게 묻는다. "'아리따운 웃음에 볼우물이여!/ 아름다운 눈에 반짝이는 눈동자여!/ 하얀 얼굴에 채색하였도다!'[2]라고 하였는데 무엇을 이릅니까?" 공자가 답한다. "그리는 일은 흰 바탕이 만들어진 뒤에 한다(繪事後素)." 제자가 다시 묻는다. "예(禮)는 나중이로군요." 스승은 감탄한다. "네가 나를 일으키는구나. 비로소 너와 더불어 시를 말할 수 있겠다."(「팔일(八佾)」편)

회사후소. 그림을 그리기에 앞서 흰 바탕을 마련하는 일이 우선이라는 공자의 시경 풀이에서 자하는 인(仁)이 예(禮)에 선행하는 것임을 감득해낸다. 인이 시를 쓰는 마음의 근본 자리라고 할 때—이 근본에 관해 공자는 생각에 삿됨이 없음(思無邪)이라고도 말한 바 있다—예 즉, 형식은 부차적이라는 뜻이다. "시인으로 산다는 건 백지가 된다는 것, 백지를 대하는 것"이라는 문장이 의미하는 바도 이와 다르지 않다. 자신을 투명하게 갈고 닦아 진리에 이르고자 한 도학자들의 길과 시를 쓰는 본마음에 관한 시인의 탐사 작업이

---

2) "巧笑倩兮, 美目盼兮, 素以爲絢兮." 「석인(碩人)」,『시경』위풍(衛風) 편. 위나라 장공이 제나라 공주 장강을 신부로 맞아들인 사실을 기록한 노래이다.

또한 근본에서 다르지 않다. 그런 뜻에서 임선기의 시는 시(文)와 학(學)이 분리되기 이전의 어떤 원형과 깊이 소통하려는 시도라고 할 수 있다. 그가 호흡이라는 화두에 잠심(潛心)했던 까닭도 여기에 있을 것이다.

'흰 바탕' 혹은 투명한 비움에 대한 시적 탐구로 이뤄진 『항구에 내리는 겨울 소식』이 절제된 언어와 풍부한 여백의 시편들로 채워진 건 그런 의미에서 자연스럽다. '흰 바탕'은 모든 말과 사물을 이방인의 눈에 비친 낯선 풍경처럼 아무 뜻에도 붙들리지 않은 본래 모습으로 현전시키는 기초다. 그것을 바라보는 눈은 아무 데도 그을리지 않은 맑은 감광지이거나 경건하게 펼쳐진 흰 종이와 같아야 할 것이다. 앞서 인용한 작품 「숨」의 마지막 행에만 유일하게 찍힌 마침표도 그렇지만 2부의 수록작 「섬」의 한 대목에 자리한 그것도 바로 투명한 눈의 상형 이미지다. "그 섬/ 내 어깨 두드리던,/ 사라진,/ 작은 섬// 그러나/ 너와 나/ 막막하던 눈동자."

임선기만큼 구두점의 상형적 자질에 민감하게 반응하는 시인은 많지 않다. 그것은 단순히 기능적으로 배치되는 경우가 없으며 그 자체로 온전한 시어의 하나다. "돌 아래/ 저 아래/ 物質 아래 누워/ 바라보는 시간은/ 너인가/ 나인가.// 시여/ 오가는/ 천지간/ 하늘과 땅의 시여// 나는 눕는다."(「詩 2」)에서 두 번 쓰인 마침표는 천문(天文)과 지문(地文)을 새기기 위해 바닥에 펼쳐놓은("눕는다") 비어 있는 종이를 비유

적으로 연상시키며 "바닷가 피아노// 부서진 시간/ 쌓여 있
던 해변 끝// 그대 손에 묻어오는 시간을 본다."(「바닷가 피
아노」)에 쓰인 그것은 부서지는 포말을 고독하게 지켜보는
먹먹한 눈빛에 다름아닐 것이다. "百年 돌계단은 천천히 걸
어 내려온다."(「풍수원」)의 마침표는 어두운 계단을 내려오
는 사람의 손에 들린 등(燈)의 형상으로 보이는가 하면 "그
섬/ 기타처럼/ 조용히 울리던 겨울밤/ 너와 나 내려오던/ 작
은 길// 파도소리/ 바람소리/ 겨울비,"(「섬」)의 쉼표는 어느
길목에 비스듬히 기대선 채 추억에 잠긴 시인 자신의 자화상
처럼 보이기도 한다. 그리고 이 모든 상형 부호들은 침묵하는
들숨의 자리에 놓여 있다. "나의 심장은 낙엽으로 가득 찼어/
거꾸로 선 세상/ 거울을 탄 논/ 들어봐,/ 내가 만드는/ 이 침
묵"(「석모도에서」).

　이러한 침묵의 표현이 형식에 대한 자의식이나 언어의 절제
자체에 대한 잠심만으로 이뤄지는 것은 아니다. 스스로 흰
바탕이 되려는 고유한 호흡의 정진 가운데서 시인의 몸이
세상과 우주의 무늬를 자연스레 불러들이는 것일 테다. 발
레리는 "화가는 신체를 지니고 있다"고 말했는데, 같은 맥
락에서 시인이야말로 몸을 지닌 존재다. 학인(學人)은 진리
를 향해 자신의 이성을 밀고 나아가지만 시인은 그의 몸을
갈고 닦음으로써 진리의 방문을 인도한다. 교(敎)와 선(禪)
이 근원에서 일치하듯 학인의 길과 시인의 그것은 본래 다
르지 않다. 그러나 시 쓰는 몸의 수행이 지닌 결정적 중요

성은 우리 현대시에서 거의 망각되어 시가 진리를 구현하는 하나의 방편일 수 있다는 엷은 가능성조차 이제는 폐기해버린 듯하다. 그 진리 가운데서 "세상에 주인 없는" 모든 말과 사물 들이 "해방과 자유" 그리고 "詩"(「구름의 글씨」)를 닮게 됨은 물론이려니와 자신의 몸에서 일어나는 고유한 호흡에 가까스로 도달한 때에야 그 경지는 스스로의 표정을 드러낼 것이다. 그러므로 말과 사물은 진리의 심연, 그 '부재하는 님'이 세상에 남겨놓은 증별(贈別)이며 시인은 그것을 손에 들고 묵상하는 존재다. "증별이 있었는가/ 들여다보는// 내면/ 내면이 피어 있다"(「봄」) 또는 "나무가 새를 기다리듯 새가 나무를 기다리듯 하였다"('시인의 말')가 말해주고 있듯이.

진리의 심연 가운데로 '부재하는 님'을 배치한 2부의 연시들 중에서도 백호(白湖) 임제(林悌, 1549~1587)의 오언절구에 호응한 「無語別」이 아름답다. 이 작품은 백호의 동명작품[3]에 대한 일종의 시적 화답처럼 쓰였다. 하나의 행이 한 연을 이루어 모두 14연 14행으로 구성된 이 작품의 핵심

---

3) 원문은 다음과 같다.

十五越溪女 월나라 서시처럼 아리따운 열다섯 살 아가씨
羞人無語別 부끄러워 말 못하고 헤어졌구나.
歸來掩重門 돌아와 중문 닫아걸고는
泣向梨花月 배꽃 비추는 달 향해 눈물 흘리네.

은 백호의 원작에 등장하는 어린 미인의 말 못할 슬픔과 그
에 대한 화자의 공명이다.

가시처럼 글썽이는

이별이었을까요

梨花 나무가 피었다지만

여기는 왜 이리 붉은 동백인가요

동백이 날개를 다는 시간

돌아오며 떠나는 길에

서 있습니다

기운 폐선 한 척

白雪처럼 하얗고

나는 새의 길은

섬광처럼 부서집니다

—「無語別」 부분

　찌르는 듯한 이별의 슬픔이나 배꽃 핀 규원(閨園)의 정경
은 기본적으로 원작에 등장하는 소녀의 것이지 이 시 화자
의 것은 아니다. 아마도 화자는 동백꽃 떨어지는 봄날의 어
느 바닷가 마을에서 백호의 주인공을 연상하는 중일 것이
다. 그는 상실의 아픔이 얼마나 큰 것이었는지를 물은 다음
피어나는 배꽃 대신 왜 추락하는 동백뿐인지를 또 묻는다.
상실과 탄식과 항의와 의심이 구별되지 않는 이 연이은 두
번의 물음은 동백이 날개를 달고 허공으로 몸을 던지는 이미
지 앞에서야 문득 멈춘다. 그것은 '부재하는 님'의 공백을 메
우려는 죽음충동을 안으로 물고 있지만 무엇보다도 '님'의
귀환을 그리는 강렬한 에로스에 의해 추동된 것이다. 삶과
죽음의 순환으로 이루어진 고통의 수레바퀴를 벗어나는 길
은 오직 삶과 죽음이라는 갈애(渴愛) 자체를 남김없이 소멸
하는 것뿐일지도 모른다. 마지막 두 연에서 섬광처럼 부서
져버린 하늘 길의 이미지는 그러므로 무슨 죽음충동의 탐미
적 폭발이 아니라 갈애 자체를 소멸함으로써 세속의 번뇌를
여의는, 불교식으로 말하자면 일체의 집착을 내려놓는 멸성
제(滅聖諦)의 시각화에 가깝다. 이 작품은 그래서 단순히
고시(古詩)를 차용한 한 편의 연서에 머물지 않고 시적 초월
의 눈부신 기록으로 나아간다. 태작이 눈에 띄지 않는 이 시

집에서 수록작들 대부분은 쉽고 자연스럽게 읽히다가도 궁극에 가서는 거의 언제나 읽는 이들을 진리의 문제와 마주치게 만든다. 소월과 만해가 떠난 이후 우리 현대시가 점차로 망각해온 시의 '영원한 새로움'이 바로 이와 맞물려 있음은 물론이다. 진리야말로 영원히 새로운 것일 테니 말이다.

4

그렇다면 시인 임선기를 일컬어 시의 고고학자라고 부를 수도 있을지 모르겠다. 이 세번째 시집 『항구에 내리는 겨울 소식』과 함께 데뷔 20주년을 맞은 그의 시력은 시의 원형과 기원으로 돌아가기 위해 길을 떠난 고고학자의 발자국들로 채워져 있다. 동서고금의 많은 시인, 예술가 들이 그리고 가깝고 먼 수많은 장소의 이름들이 그의 시 도처에서 발견되는 이유도, 눈 밝은 평자들이 그간 그의 시에서 낭만주의의 얼굴을 목격했던 까닭도 여기에 있을 것이다. 그는 온갖 혁신의 선언들에 단 한 번도 가담한 적이 없지만 그렇다고 시적 전통이라 불리는 상상적 질서의 수호자를 섣불리 자처하지도 않았다. 그는 혁신과 전통의 분주한 교체서사 가운데서 마치 사라져버린 마법의 흔적을 찾듯, 시적 진리의 비밀스러운 방문을 기다리듯 조용히 호흡을 골라온 시인이다. 어떤 시인은 시인들의 시인이 되기도 한다. 믿음직한 젊은 시인들 사이에서 그의 이름이 종종 불리는 것을 들을 때는 조용하기만 한 그의 자리가 어느새 깊고 넓어졌음을 깨닫게 된다.

"항구에 내리는 겨울 소식"이라는 표제는 이 시집의 4부에 수록된 「가을, 이즈미르」의 마지막 행에서 따온 것이다. 이즈미르(Izmir)는 에게해와 면한 터키의 항구도시로 『오디세이아』의 저자인 호메로스의 고향으로도 알려져 있다. 이 '최초'의 시인이 태어났을지도 모르는 바닷가 도시, 먼 옛날 동서양이 만나 찬란한 헬레니즘 문명을 꽃피웠던 바로 그곳에서 시인은 아마 낙엽에 뒤덮인 시의 황혼("비탈에서 잠시 쉴 때 보는 나의 무덤")을 목격했는지도 모른다. 그런데 무슨 일일까. 그 위로 기다리던 소식처럼 흰 눈이 내린다. 눈의 방문을 시인은 맞이한다. 마법은 바로 그렇게 오는 것이다.

**임선기** 1968년 인천에서 태어났다. 1994년『작가세계』신인상을 수상했으며, 파리10대학교에서 수학한 후 현재 연세대 불어불문학과 교수로 재직중이다. 시집으로『호주머니 속의 시』『꽃과 꽃이 흔들린다』가 있다.

— 문학동네시인선 058

**항구에 내리는 겨울 소식**

ⓒ 임선기 2014

— 초판 인쇄 2014년 8월 11일
초판 발행 2014년 8월 18일

지은이 | 임선기
펴낸이 | 강병선
책임편집 | 김필균
편집 | 김형균
디자인 | 수류산방(樹流山房)
본문 디자인 | 유현아
마케팅 | 정민호 나해진 이동엽 김철민
온라인 마케팅 | 김희숙 김상만 한수진 이천희
제작 | 강신은 김동욱 임현식
제작처 | 영신사(인쇄) 경원문화사(제본)

펴낸곳 | (주)문학동네
출판등록 | 1993년 10월 22일 제406-2003-000045호
주소 | 413-120 경기도 파주시 회동길 210
전자우편 | editor@munhak.com
대표전화 | 031) 955-8888
팩스 | 031) 955-8855
문의전화 | 031) 955-8890(마케팅), 031) 955-3572(편집)
문학동네카페 | http://cafe.naver.com/mhdn

ISBN 978-89-546-2536-4 03810
값 | 8,000원

www.munhak.com

**문학동네**